令和五年

新家完司川柳集(八)

昔から伯耆の国は片田舎
穏やかな村に居着いたヌートリア
おおらかな村です猿も顔見知り

内視鏡ひやりとさせて異常なし

死に病ではない膝が痛いだけ

カラスにも嗤われている痛い膝

腹の立つこと捨てながらウォーキング

二分ほどジョギング混ぜてウォーキング

歩け歩けと夢の中まで歩数計

股関節の傷みが歩数計に出る

スキップで転ぶ遊びがおもしろい

気に入らぬ人にも会釈だけはする

ハエタタキで頭叩いて自粛中

新聞に毒づいている自粛鬱

二十秒ほどはウジウジ自己嫌悪

センセイと呼ばれて臍が苦笑い
脳味噌の中には搾り滓ばかり
働かず朝昼晩と食べている

長生きの秘訣和食と平和ボケ

離乳食うどんで今もうどん好き

ほんわかと笑うスッピンにぎりめし

目玉焼きトロリ平和の和のかたち

梅茶漬けやっぱり僕は日本人

鮒寿司のうまさ子どもにわからない

ウナギもうまいがタコヤキもうまい
マグロなら回転寿司で食べている
贅沢は敵だアブラムシを食おう

金魚たちの餌は空から降ってくる

お辞儀する姿勢が楽になってきた

忘れてはいない消しゴム借りた恩

褒められてハートの端がぴょんぴょぴょん

補聴器は不要　悪口は聞こえる

悪口に揺れる褒められても揺れる

つまらないテレビ睡眠導入機
停電の対策何もしていない
細胞は元気まだまだ垢が出る

環状線ぐるぐる街はおもしろい

靴の底すり減るうちは大丈夫

にんげんの優しさを知る募金箱

新しい空を求めてエアポート

ばあちゃんがペイペイぴっとする時代

ネットから伸びる吸盤付きの魔手

三月三日電気毛布を弱にする
吊るし雛ゆらり雅に春を呼ぶ
ぐうたらな僕にも春がやってきた

ホーホケキョ厳しい冬を生き延びた
のんびりとゆきましょうよと春霞
春霞なのか白内障なのか

てふてふに挨拶されて散歩道

乳母車こことことやっと春ですね

春風を臍まで通す深呼吸

茣蓙敷いて昭和の花見懐かしむ

別嬪のメールが届く花の下

うきうきをいっぱい乗せた花筏

樹木葬ポチは桜の花の下
この国はまだ美しいフキノトウ
タケノコもウドもワラビもいただいた

ひたすらに我慢するしかない黄砂

ショートパンツの生足を見てハックション

誰からのエールか五円玉拾う

腹ペコで目覚めるベストコンディション
朝ご飯までうとうといい時間
こめかみをぐるぐる起床準備です

生きていることが嬉しくなる五月

鯉のぼりいちばん似合う保育園

てのひらに乗せるとかわいらしいビワ

年毎にまばゆさを増す柿若葉

新緑のフィトンチッドは目の薬

新緑の頃に強まる人見知り

放置した畑モグラのパラダイス
この星は嫌だと蝶が消えてゆく
窓辺にビオラ　悪人じゃありません

餌くれぬ人だと鳩も知っている
青春を歌ってくれたベラフォンテ
夢があるようにも見える時刻表

節制をしても下がらぬ血糖値
油絵も書道も三日ほどやった
生活の乱れが文字に現れる

特売の無駄で膨らむゴミ袋

ゴミ箱も苦いこの世に耐えている

生ゴミの置き場カラスの始発駅

放置した作句ノートに綿埃
６Ｂで描く煙のようなもの
これじゃ没だよと鉛筆薄笑い

蟒蛇という文字ちょっと気味悪い
好きな文字　春・梅・桜そして酒
嫌な文字　鬱・蔑・屍そして癌

篇　偏　編　遍　にほんごはややこしい

贈　増　憎　僧　にほんごはなやましい

斬　暫　塹　漸　にほんごはむつかしい

議事堂に蠢いている疑擬欺偽戯
三歳の子でも覚えた凸と凹
一冊の落書き帳であるこの世

いろいろな尻尾が揺れる物干し場
明日への窓はいつでもスリガラス
空っぽのハートに蝿が飛んでいる

長生きのコツはのほほん大欠伸

聞くだけは聞いてくださる仏さま

イモケンピ欠片に深い味がある

まだ夢を見ているような冷凍魚

地域猫です野良猫じゃありません

ネクタイをしてもくまモンには負ける

鮒寿司の鮒を育てている琵琶湖

弁当も水も持たずに渡り鳥

にんげんに食われる豚の鼻ピンク

喉飴が溶ける苛立ち鎮めつつ

チャリンコが歌う明るい下り坂

疲れたらサウナで鼻を膨らます

餓鬼大将だったヤンチャが認知症

竹を踏む脳梗塞にならぬよう

詐欺師たち夢の欠片を見せてくる

手探りでネット社会を覗き見る
ヒト科より正直であれＡＩよ
メールにはハートマークを願います

出し惜しみすると弱まるジャンプ力

薬にもならない爪がよく育つ

本日も65点これで良し

世界中見るには足らぬ時と金
にんげんの森は毎日金が要る
爺さんの埋蔵金が出てこない

切り札のピカイチ日本銀行券

恐いものなしポケットに五万円

金持ちの真似していると襲われる

二十歳から馴染みＢ級グルメ街

まやかしのわたしにあやかしのあなた

ゴキブリの子かと睨めば毛糸屑

ゴキブリも二センチまでは可愛いね
晴れた日もしかめっ面のゴミ屋敷
ジョークだとすれば最高ゴミ屋敷

好きな人ときどき通る窓の外

失礼は承知の上の片想い

真っ直ぐに進めと神さまのお告げ

色褪せた賞状壁のシミ隠し

破ろうぜ十年前の表彰状

誰にともなくオヤスミと言って寝る

猟銃で人を撃ってはいけません
十八歳まだ実弾は早すぎる
ピストルの対極にいる竹トンボ

戦争の怖さをテレビから学ぶ
爆撃もなくて平和な昼ご飯
ゴーゴーと夢の中まで来る戦車

戦争で虚しく失せるエネルギー
私には無理だ戦場カメラマン
軍隊も詐欺師も暇になるように

雨が漏る家に育って雨嫌い
しとしとに包まれ覇気が失せてゆく
雨の日は掛け軸までも重たそう

湯上りの顔だね雨上がりの街

サムライに似合わぬ日傘イチゴパフェ

バラバラにしても傘だったと分かる

朝焼けに祝福されて坐禅会

結跏趺坐できない膝になってきた

住職の配慮いただき椅子坐禅

無念無想できずに課題吟ひねる

警策をいただく修行不足の身

警策は文殊菩薩の手の代わり

ウイルスが狙うしょぼんとしたこころ
ウイルスに負けておろおろヒト科ヒト
ウイルスに負けないように肌を焼く

夏の雲アンパンマンやドラえもん

沖縄のゴーヤは耐えてきた苦さ

あんぱんの中はいつでも高気圧

氷山の崩れる音は非常ベル
間引かれぬようにぽちぽち炎天下
両腕をパタパタ気分だけカモメ

日本の粋カラコロと日和下駄

カメムシとムカデが守る秘密基地

ホタルイカ好きで目玉も食べている

長生きのクスリ緑黄色野菜
作業着に軍手キリッと草むしり
アリガトウと言えばトマトも良く育つ

ふるさとを占拠セイタカアワダチソウ

自分だけそよそよ手持ち扇風機

サルビアがビール欲しいとダレている

乱雑な頭にも要る除草剤

オニヤンマ僕を諌めてホバリング

借金をカエセカエセと蝉が鳴く

お中元ですと車に鳩の糞

閉じた目の奥まで届く稲光

丹精を込めた茗荷を拝受する

ジイチャン…とささやく背戸のヤモリ君

本日はトコロテン付き昼ご飯

猛暑日の焼酎のあてガリガリ君

気取らずに裸になれという猛暑

猛暑日と闘う武器は濡れタオル

パン焼きながら黙祷　八月十五日

友ひとり海に捕まり帰らない

大花火消えてひっそり訃報欄

ほとけさま粉末ジュースなどいかが

うろたえてしまうパソコンストライキ
鈍くさくなった自分に耐えている
ボケぬようビリケンさんの足撫でる

少々のボケはお互いさまである

砂浜にハングル文字がアニョハセヨ

靴下を履かされポチがうなだれる

雷神の子分が作る黒い雲

煎餅を噛む音蜘蛛が聞いている

ナマケムシ叩き潰して再起動

まだ生きているぞと脅す桜島

おもしろくないので避ける歯の話題

泥濘を這って解った水の味

珈琲が匂ってきたらオフタイム

旧友に会うたび命惜しくなる

玄関に魔除けシーサー睨ませる

カニカマが遂に大海原の味

フォアグラもキャビアもクサヤには勝てぬ

ポイントカードごそごそ探す負け戦

左耳難聴ですが元気です
気張っても自分を超えるなんて無理
追従も世辞も誤嘸をせぬように

人生は長いテレビはつまらない

そのうちに拾うベッドの下のゴミ

盗撮をするほどエネルギーはない

逞しい野武士のようなダンプカー

天気予報ほどは当たらぬ株予想

マゴノテに痒み止め塗り背中掻く

皿回しには負ける南京玉すだれ

文鎮の代わりにブタの貯金箱

修行不足が鼻息に表れる

中国産ウナギで祝う誕生日

短命な家系の隅で八十歳

実感はないがどうやら八十歳

八十歳ブレイクダンスちょっと無理

予想より傘寿の傘は重たいね

八十路から先は迷路になっている

八十歳そろそろ止める梯子酒

片想いぐらいはできる八十歳

年輪の割には知恵が湧いてこぬ

いつか出るつもりの町で老いぼれる

水漏れの兆候がある下半身

自画像に修正液を塗りたくる

蠅を打つ姿勢も後期高齢者

くっきりと後期高齢アバラ骨

高齢化社会の隅でどっこいしょ

インドまで行く体力が失せてきた
六十年前には出来たバック転
ポン・チー・カン徹夜の日々が懐かしい

痛い痒い暑い寒いと言う体

老化とのバトル弱音を吐きながら

敬老会の隅で枯れ木になりすます

大根の葉っぱが旨い林住期

おかげさま今日も三十六度五分

穏やかな日々おかげさまおかげさま

右肩が痛い　左肩はだるい
建付けの悪い戸ぼくの骨の音
喜寿までに旅立つ予定だったのに

立小便ほどの違反は多少ある

人生のピークは今の今の今

本棚の鳩笛たまにポーと鳴く

猛暑日を生き抜き今朝の鰯雲
天国の風も混じって青い空
お疲れさまでしたと扇風機を仕舞う

コスモスの野原があった駐車場

雑念を追い越して行くはぐれ雲

死にそうなバッタも秋の陽を浴びて

特大のムカゴ微笑む秋日和

にんげんもムカゴも苦いのが混じる

草むらに落ちたムカゴは諦める

稲の穂を揺らして時が流れ去る

名水と米が支える長寿国

一年中うまい舞茸エノキタケ

廃屋を慰めているお月さま
お月さままでが私のテリトリー
洪水は困る渇水でも困る

珍にして美味アボカドの酢味噌和え

お団子が少なかったとお墓から

勘の良いカラス私に近寄らぬ

裏庭の主役は祖母の金木犀

勲章をやるとどなたも言って来ぬ

渋柿じゃないか齧って確かめる

秋風のペースでページ捲られる

大らかな森フクロウのお気に入り

ナムナムとお経のテンポ秋が逝く

晩秋の机に迷惑メール降る

乱雑な頭に高原の風を

雨が降る夜は寂しい早く寝る

おもしろいこの世ごちゃごちゃ雑居ビル
雑居ビルの一室　闇バイト本部
そのうちに清浄空気販売機

覗いてみたい霊感の壺の中
月面に境界線を引くなかれ
全世界「武器よさらば」とならぬのか

生きている褒美の一つアジフライ

目ん玉の周りが旨い鯛のアラ

根菜のおかげバリトンまだ響く

ご先祖を尋ねてみれば護摩の灰

女性には弱いがムカデには強い

激流の果ての水溜まりで遊ぶ

拭えないＤＮＡというハンコ
覗きたい店がいっぱい僕の町
アルバムを懐かしむほど暇じゃない

薬屋と医者が儲かる高齢化

般若心経「色即是空」以後忘却

紙で指切って雑念から覚める

ポストから始まるこころ躍ること

友それぞれオパール真珠エメラルド

作り笑いなどは見破る赤ん坊

遠い目をして望郷の駅ピアノ

どうしても納得できぬ詐欺師の師

溢れ出るフェイクニュースを見極める

スコップを提げて地球の溝掃除

丁寧に洗うお世話になる便器

カーブミラーみんな愉快な顔になる

ご自分のルールで周るお月さま
休憩もせずに健気な介護ロボ
ポイ捨ては禁止タバコも赤ちゃんも

霜月を楽しむこともなく師走

本名も雅号も休み日向ぼこ

じわじわと人を腑抜けにする炬燵

神棚に一年分のわたぼこり

葉牡丹の裏にもいない福の神

福のない街で福袋が売れる

ナマハゲに泣いていた子もナマハゲに

冬の文字その点々は雪なのか

温泉でほぐす硬直した頭

薪ストーブ受け継いでいる製材所

歳取って里に出て来ぬ雪女

冷や飯のおかげ逆風には強い

「竹島の日」に竹島が泣いている

マチュピチュの地図を眺めて冬籠もり

友だちの声が届かぬ冬の底

シベリアの風は手強い好敵手

シベリアは寒すぎますと鶴が来る

湯豆腐の温さ日本の穏やかさ

おみくじは大吉なのに猛吹雪

南極へ行けそうなほど着膨れる

傾いた家で吹雪に耐えている

寝不足は日向ぼっこで取り戻す

締切日忘れうとうと日向ぼこ

首筋が似ているという枯れススキ

さりげないマフラーだけのペアルック
お気に入りどぶねずみ色枯れ葉色
脳天に松ぼっくりが落ちてきた

ゴキブリも顔を見せない寒い夜

愛情がない「ゴキブリ」という名前

ゴキブリの幼児殺して自己嫌悪

老人は一人で餅を食うなかれ

死守すべし三十六度五分の熱

マイカーの凹み自戒のため残す

口開けてしばし見惚れるレインボー

人間は凄いね空を飛ぶ車

三世代笑う命のグラデーション

浜風に干す鼻水の鼻の穴

鼻風邪が治りおいしい卵焼き

朝ご飯ガッツリ補給して離陸

素粒子のことは知らぬが支障なし

ひとりでも出来る愉快になるプラン

葬儀用ネクタイだけが忙しい

陸橋を渡る用心深い犬

遠い日と繋がっている竹トンボ

悪口はビフィズス菌で中和する

マンゴーに貰う南国エネルギー
図鑑では見たことがあるラフレシア
本物のはかなさまでは出ぬ造花

ひとりでも平気スマホと酒がある

焼酎党ですがビールも有り難い

自販機のビールぐいぐい自由人

冷蔵庫には養老の滝の水
酒よりも体には良いシジミ汁
ビタミンは芋焼酎で摂っている

よたよたと音符が躍る三次会

カラオケのマイクが歳を忘れさす

カラオケで鍛えた喉で孫自慢

皇族は一人もいない飲み仲間
トラ箱に泊めてもらったことがある
飲兵衛というイメージが拭えない

性に合う舞台裏とか縁の下

墨痕が挑発をする書道展

恐ろしい理由「殺したかっただけ」

トイレない電車で腹が緩みだす

ペラペラと手強い刃舌の先

マスクしていてもしゃべる人はしゃべる

ハートまでお陽さまマーク今日も晴れ

口だけはワッショイ　腰はドッコイショ

公民館に避難する日が来ぬように

ごはん粒ぽろぽろ　味噌汁ぽとぽと
グッチもヴィトンもあの世には持ち出せぬ
これからは手抜きモードに切り換える

挨拶もせずに旅立つ奴ばかり
親戚もひとりふたりと減ってゆく
お別れを言いたかったが家族葬

町内に三つも葬儀場がある
葬式がない日は暇な葬儀場
墓なんて何度来たって石だけだ

終末期ですが口笛まだ吹ける

晩年の枕に潮騒が届く

ちっぽけな山の形になり眠る

この星で遊ぶツアーもあと少し
天国に行くまでボケませぬように
驚いて貰える内に旅立とう

この世より楽しい筈である
あの世

キープしたボトルの他は未練なし

天国へ続く無風の切り通し

ポルシェなど要らぬもうすぐ霊柩車
旅鞄乗せてくれない霊柩車
海鳴りが届く窓辺で逝く予定

サソリ座の隅っこあたり予約済み
誰だってあの世へ行けば宇宙人
あの世など公民館の裏あたり

私が死んでも続くサザエさん
生まれかわるなら蓮池のミズスマシ
逝くときに悔しい顔はせぬように

柩にはにっこりとして入りたい
閻魔庁の裏の酒場で待っている

令和五年

○

令和５年12月19日

著　者

新　家　完　司

発行人

松　岡　恭　子

発行所

新　葉　館　出　版

大阪市東成区玉津１丁目9-16 4F 〒537-0023
TEL06-4259-3777 FAX06-4259-3888
http://shinyokan.ne.jp

印刷所

明誠企画株式会社

○

定価はカバーに表示してあります。

ISBN978-4-8237-1091-9